MON PUCELAGE.

PAR M. LE FEBURE,

Baron de S^T. Ildephont, *Chevau-Léger de la garde ordinaire du Roi.*

Mais ouvrez lui la fenêtre,
Zeste, on le voit disparoître,
Pour ne revenir jamais.

On ne s'avise jamais de tout. *Opera.*

V. son traité des maladies vénériennes.

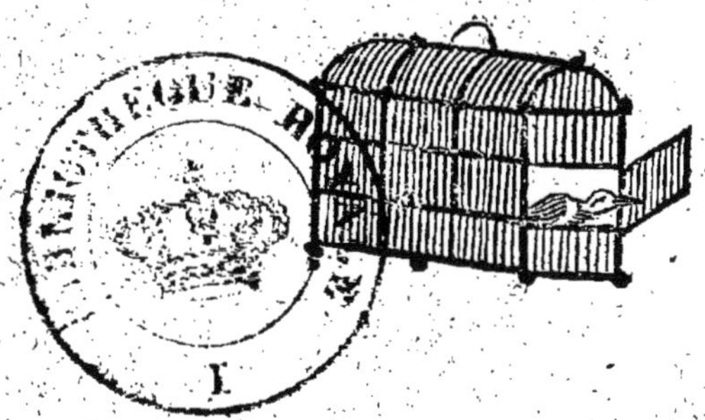

AU PARNASSE.

1771.

A MADEMOISELLE

DUBOIS,

ACTRICE A LA COMÉDIE FRANÇAISE.

CHarme puiſſant de l'oreille & des
yeux,
Belle Dubois, reçois mon tendre hommage;
C'eſt à ton cœur que s'adreſſent mes
vœux;
A tes loiſirs j'offre mon Pucelage.
Ouvre la route où je m'en vais marcher;
Guide en naiſſant ma muſe chancelante;
Jamais moins tendre, un jour plus
éloquente;
C'eſt à Venus de montrer à rimer.

St. Ildephont.

AU PUBLIC.

Public, reçois mon Pucelage,
En faveur de la rareté,
Je dois compter sur ton suffrage;
Tel présent de si près n'est jamais regardé,

J'ai des passions libertines,
Celles-ci pourront t'amuser,
Les sérieuses t'ennuyer:
Souviens-toi qu'il n'est point de rose sans épines.

Vingt fois en cherchant le plaisir,
Avec toi je ferais gageure,
Que tu fûs jaloux de sentir
A la démangeaison succéder l'écorchure.

MON PUCELAGE.

ÉPITRE

A Mademoiselle DUBOIS, *Actrice de la Comédie Françaiſe.*

TEndre Dubois, qu'a chéri la nature,
Qui réunis un eſprit amuſant,
Les traits touchants, d'une belle figure,
Et l'art flatteur du plus brillant talent.
Reine des cœurs, tu regnes ſur la ſcene,
A tes côtés marche l'illuſion,
Et le public, qu'un doux penchant entraîne,
Semble, avec toi, partager l'action.
Au Dieu des vers ſi tu dois être chere,
Tu l'es autant au puiſſant Dieu d'amour:
Heureux l'amant, qui certain de te plaire,
Se voit payé d'un amoureux retour!
C'eſt dans tes yeux, où brille le feu tendre,
Que ſon ardeur ſe puiſe & ſe nourrit;
Sans le prévoir on s'y laiſſe ſurprendre;
Mon cœur jadis les vit & s'y rendit:
Combien de fois, ſur tes levres mi-cloſes,
N'ai-je pas vu voltiger les plaiſirs?
Combien ton tein plus vermeil que les roſes
Ne m'a-t-il pas inſpiré de deſirs?
Ton ſein couvert d'une peau blanche & douce
Fixait ſouvent mes regards envieux;

Un feu brulant pétillait sur ma bouche ;
Je desirais & n'osais être heureux :
Enfin, le sort à jamais invincible,
En ces moments m'éloigna loin de toi,
Mon cœur voulut parer ce coup sensible ;
Ce fut envain ; tu le sais mieux que moi :
Moins malheureux ! privé de ta présence,
Je puis encore apprendre à l'univers,
Tes qualités, ta beauté, ta décence,
Et te parler de mon amour, en vers.

NAISSANCE

De Madame la Comtesse * * *.

LE vulgaire, Madame, ignorant, curieux,
Parle sans raisonner & juge sans connoître ;
Je le vois qui pressé d'un esprit envieux,
Ignore & croit savoir le sang qui vous fit naître.
Fanatique imposteur par lui même abusé,
Il croit avec fureur les erreurs qu'il enfante.
Plus éclairé, plus juste, à l'univers trompé,
Je dois faire oublier cette fourbe offensante.
Votre destin vous fit sortir d'un sang divin,
Par un inceste heureux l'amour fut votre pere,
Et sa mere neuf mois vous porta dans son sein,
Vous nâquites enfin dans l'isle de Cythere.
Un jour dans ses bosquets par d'extrêmes chaleurs,
Pour respirer le frais, négligemment ornée,
Sur un sopha riant de gazon & de fleurs,
Venus se reposa nonchalamment couchée ;
Elle avait les habits qu'exigeait la saison,
La blancheur de son corps était éblouissante,
Ses cheveux blonds par nœuds, flottaient sur son chignon,
Et son sein mi-couvert d'une écharpe brillante,

Présentait aux regards les plus touchans appas,
De fleurs une guirlande entourait sa ceinture;
Sa cuisse potelée, & sa jambe, & son bras,
Sa taille faite au tour, sa lascive posture
Auraient aux vieux Saturne inspiré des desirs.
Son fils, vers cet endroit, faisait une pipée,
Les oiseaux qu'il prenait secondaient ses plaisirs;
Il apperçut non loin sa maman reposée,
Y courir, arriver, pour lui fut un instant;
Ce cher enfant surpris, immobile à sa vue,
Sentit, en la voyant, un tendre mouvement
Inconnu jusqu'alors, son ame fut émue.
Sur son sein respirant son regard se fixa,
Ses mains de feu brulaient d'en écarter la gaze,
Enhardi cepeudant sa bouche s'y cola,
Et l'amour termina le plus charmant extase:
Ses desirs augmentaient ses doux emportemens,
Sa mere de concert goutait sa jouissance,
Et tous deux animés des feux les plus pressans,
Ce petit fou revît son pays de naissance.

Fille des Dieux puissans, Madame, & de l'amour,
Ce moment vous forma dans le sein des délices;
Et dès l'instant heureux que vous vîtes le jour,
Les graces à l'envi devinrent vos nourrices,
Grandissant par degrès en esprit, en beauté,
Vous promites des-lors d'effacer votre mere;
Cet espoir enchanteur ne nous a point trompé:
Vous êtes la plus belle aux cieux & sur la terre.
Et le grand Jupiter, ce pere des vertus,
Oubliant pour vos yeux, ses plus cheres maîtresses,
Nous sait montrer, combien vous êtes au-dessus
De l'amour, de Venus & des autres Déesses.

VERS

A Monſieur le Maréchal de Richelieu.

TOn nom, grand Richelieu, nous prédit l'af-
fluence,
Nos cœurs en ſont remplis à ta ſeule préſence :
Mille fois heureux ceux qui marchaient ſur tes pas,
Quand jadis ta valeur les guidait aux combats ;
Lui même le Dieu Mars pliant ſa tête altiere
Se faiſait un honneur de ſuivre ta banniere :
Ce n'était rien encor ; ton eſprit & ton nom
Soumettaient l'ennemi bien plus que le canon.

PORTRAIT

De Mademoiſelle de la Reveilliere.

TRois dons en vous ſe trouvent réunis,
Aimable Iris, qu'à ſes plus favoris
Bien rarement accorde la nature ;
Le ton, l'eſprit, la beauté ſans parure.
A fleur de tête deux grands yeux noirs & vifs,
Dont les regards ſont auſſi doux qu'actifs,
Diſent aſſez qu'on ne peut s'en défendre,
Sur votre front, cependant, jeune & tendre,
L'honnêteté, cette Reine des cœurs,
Fait admirer ſon éclat, ſes douceurs ;
Sur votre bouche une volupté pure,
Heureux penchant qu'inſpire la nature,
En vous voyant appelle les plaiſirs :
Mais le reſpect réprime les deſirs ;
Une peau ferme, élaſtique & polie,

Auprès

Auprès de qui la neige est obscurcie,
Tapisse un corps du plus bel incarnat ;
Vos cheveux bruns en relevent l'éclat ;
Deux petits monts que votre gorge enfante ;
Forment déjà votre taille naissante :
Et votre cœur de cent vertus rempli
Présente en vous un modele accompli.

VERS

Pour une personne nommée Victoire.

Victoire dans mon cœur
A pour jamais établi son empire,
J'entrevois le bonheur,
Je le rêvais depuis que je respire :
Cet univers charmant,
De ses beautés le superbe assemblage,
Rentrent pour moi dans le néant,
Si de Victoire ils ne m'offrent l'image :
Je la cherche en tous lieux :
Mais je vois que pour être heureux,
Le comble du bonheur & celui de la gloire
Est dans ses yeux de trouver ma victoire.

ÉPITRE

A M. le Duc de Choiseul, lorsqu'il était Ministre de la guerre.

Vous dont l'illustre source est féconde en héros,
Vous qui les surpassez & marchez sans égaux,

Soutien & protecteur de l'état militaire,
Ministre d'équité, que la raison éclaire,
Magnanime guerrier, je vous offre ces vers;
Trop faibles monuments transmis à l'univers,
Pour de vos actions exalter la mémoire.
Je ne parlerai point de l'éclat de la gloire,
Dont vous avez été dans les plaines de Mars,
Tant de fois couronné, suivant ses étendarts;
Colonel d'un courage aussi prudent que rare,
Et dont le souvenir fait honneur à Navarre. (*)
Dans un homme bien né trouver de la valeur,
C'est un germe en naissant qu'il porte dans son cœur:
Mais savoir sagement gouverner sans contrainte,
S'attirer tous les cœurs, en inspirant la crainte,
Est un don, Monseigneur, à vous seul accordé,
Qui vous met au-dessus de votre humanité.
Sous vos loix aujourd'hui les troupes florissantes,
Presque sures déjà d'être un jour triomphantes;
Nous montrent qu'à vous seul, on doit l'invention,
D'avoir su les porter à leur perfection.
Heureux mille fois ceux qui prodiguent leur vie,
Servant avec amour leur Prince & la Patrie;
Et plus heureux encor quand ils ont le bonheur
Qu'un héros tel que vous dirige leur valeur.
Pour moi, faible mortel, de loin je suis des yeux
Ces éleves Géants, qu'au séjour glorieux
De l'immortalité, doit placer la mémoire;
Et mon cœur envieux est jaloux de leur gloire.
Hélas! si mis au rang des autres officiers,
Je pouvais avec eux concourir aux lauriers,
Je deviendrais un jour un grand homme, peut être.
C'est par vous, Monseigneur, que tous on les voit naître:
Ordonnez, un seul mot; & bientôt vous verrez
Un héros apprentif mériter vos bontés.

(*) Régiment de Navarre dont il a été Colonel.

VERS

*A Madame de la M***.*

VOus êtes mere, & vous ne voulez pas
Avec ce nom prétendre à mon hommage :
Vos filles, il est vrai sont l'heureux assemblage
Des plus touchants appas :
Mais, convenez; elles sont votre ouvrage,
De vous même elles sont les extraits.
Venus pour être mere, a-t-elle moins d'attraits.

BOUQUET

Présenté à feu M. d'Argouges, Comte de Ranes, Gouverneur & Commandant pour le Roi les Ville & Château d'Alençon.

SONNET.

SOuvent, à ce qu'on croit, le moins de vraisemblance
Se joint, à juste titre, un air de vérité,
Cette nuit, dans le sein d'une douce indolence,
Mon esprit se répaît d'un rêve fortuné.
Je vois dans un parterre un groupe qui s'apprête,
En cueillant à l'envi & la rose & l'œillet,
De l'auguste d'Argouge, à célébrer la fête;
Chercher à lui donner le plus joli bouquet.
Quand paraît sur un char la Déesse Pallas,
Briller avec le Dieu qui préside aux combats,
Annoncés tout-à-coup par l'éclat de leur gloire,

Ils portent dans leurs mains le prix des demi-Dieux,
En couvrent ce héros, l'enlevent avec eux,
Et lui font prendre place au temple de mémoire.

Il s'en faut de bien long que ce Sonnet mérite le nom qu'il porte. C'est une fantaisie de l'Auteur d'avoir ainsi nommé ces quatorze vers.. Bien des censeurs trouveront aussi mauvais de voir deux vers de même genre se suivre en rimes différentes, tels que ceux qui finissent par *Bouquet* & *Pallas*. Cette faute est dans plusieurs pieces de cet ouvrage. On sait que Voltaire a fait des vers blancs; qu'on ne s'étonne pas, si dans *l'impromptu* de la composition, l'Auteur a pris quelques licences : au surplus il est comme la Chapelle, il s'applique davantage à la finesse d'une pensée qu'à la grace & la sévérité des vers.

VERS

Pour le premier an.

A Mademoiselle de la Chaux.

DEpuis long-temps chez nous à l'an nouveau,
Chacun a son chacun fait un petit cadeau;
Plus ou moins selon son moyen :
Moi qui de tous les temps ai respecté l'usage,
Je veux aussi faire le mien;
Je donne, & je ne puis rien donner davantage,
Un cœur tendre & sincere.
Je te le donne, Iris, & puisse-t-il te plaire !

ÉPIGRAMME

A Mademoiselle la Marre, qui pour amoureux avait un petit vilain Monsieur.

TEndre la Marre, à qui gentille mine,
Fait chaque jour voir nouveau soupirant;

Donnez-vous garde en votre choix faisant,
De faire dire, elle revient de Chine. *

* C'est de la Chine qu'on rapporte les Magots.

ACROSTICHE

A Madame la Marquise de Ranes.

Résister à Satan & casser son pipet,
Aux sujets de Raoul donner le camouflet,
Ne pas être Normand & vivre en Normandie,
N'est-ce pas là miracle ? ou je donne ma vie.
Eh bien ! mon héroïne est dans ce cas tout drait,
Se peut-il faire d'elle un plus riche portrait ?

REVE

*A Madame D***.*

CEtte nuit dans les bras d'un sommeil agité,
Je te rêvais, Iris ; & d'amour transporté,
Mes ébats répétés te rappellaient sans-cesse,
Mieux que ma bouche encor, mes feux & ma tendresse :
Le plaisir maîtrisait tes sens,
Ta bouche entr'ouverte & charmante
Prononçait de faibles accens ;
Et d'une voix presque mourante,
Tu ne me disais plus, que F... donc, Maman, F...
Je me reveille alors & m'écrie en allarmes,
Pensant que ton époux me ravissait ces charmes,
Que me voulais-tu donc, puisque l'aze te F... ?

VERS

*A Madame de S***.*

LA fleur que vit naître l'aurore,
Et que vous voyez se flétrir,
Ne nous paraissait point éclore,
Pour devoir si-tôt se mourir.
Cet univers est une scene,
Où nous nous montrons tour-à-tour,
Et le temps vient qui nous entraîne,
Pour disparaître sans retour.
Il est pourtant de fortes armes,
Qu'on lui peut encore opposer,
Votre esprit, votre cœur, leur charmes,
Des ans n'ont rien à redouter.

REVE

Travaillé d'après M. de Voltaire.

Adressé à Mademoiselle de la Reveilliere, à qui j'apprenais à déclamer le rôle de Zaïre.

LEs pensées qui le jour affectent notre esprit,
Viennent s'y retracer souvent durant la nuit,
Et de l'illusion la douceur passagere,
Du vrai lui représente une ombre mensongere.
Cette nuit agité d'un rêve fortuné,
Je me semblais jouir de la réalité.
Je vous croyais Zaïre & j'étois Orosmane;
L'un pour l'autre animés de la plus vive flamme,
Je répétais cent fois mes feux & mon amour,
Et goutais à long traits les douceurs du retour :

Je me trouvais heureux de régner en l'Aſie ;
Pour la félicité d'une femme cherie ;
Le ſceptre étoit pour moi moindre que votre cœur ;
Vous plaire & vous aimer faiſait tout mon bonheur.
Jugez ſi mon reveil a dû m'être agréable ;
Il m'a tout enlevé ; votre cœur adorable ;
Mon empire de même eſt rentré dans l'oubli :
Mais je ne perdrais rien en ne perdant que lui.

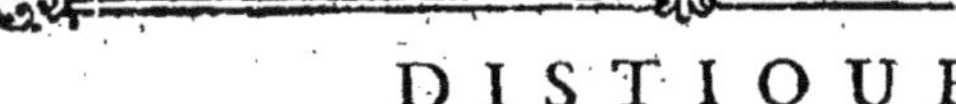

DISTIQUE

Pour mettre à un Bouquet.

HEureux bouquet ! que ne puis-je mourir
Au même endroit, où tu vais te flétrir !

DISTIQUE

Pour mettre au bas du portrait d'une Demoiſelle.

JE vois enſemble & tour-à-tour,
Les graces, Venus & l'Amour.

DÉVISE

Pour mettre dans un cœur.

PUiſſe cette dévise intéreſſer ton cœur !
Vivre pour t'adorer fera tout mon bonheur.

DÉVISE

Pour être écrite avec du ſang.

POur te prouver, Iris, mes feux, & mon amour ;
Je verſerais pour toi tout mon ſang en ce jour.

ÉPITRE

A Madame la Marquise de Ranes.

Preuve physique de l'existence de Dieu.

Digne fille du sang dont vous êtes sortie,
Chérissable moitié du héros qui vous lie,
Inébranlable appui de la religion,
Prodige de vertu, d'esprit & de raison :
Je vous offre mes vers, respectable Marquise ;
Puisse l'Esprit divin en guider l'entreprise !
C'est vous que je combats, prétendus esprits forts ;
Qui, pour nous le prouver faites de vains efforts ;
Qui n'entrez à l'église au temps de la priere,
Que pour lorgner quelqu'un du coin de la paupiere ;
Et dont la tête à vis qui tourne à tout venant,
Semble une girouette allant au gré du vent.
Si vos sens animés d'une raison plus pure,
Vous rappellaient un Etre, auteur de la nature,
Viendriez-vous aux pieds de ses autels sacrés,
Insulter à celui qui vous a tous formés ?
Mais un raisonnement, dit-on, philosophique,
D'atomes ramassés par ordre symétrique,
Compose, selon vous, ce charmant univers.
Triste & funeste effet d'un cœur dur & pervers !
Qui cherche à procurer à son ame agitée
La paix, dont l'innocence est seule partagée.
Ah ! sans chercher si loin un Etre supérieur ;
En vous-mêmes trouvez l'œuvre d'un Créateur :
Mais si ce n'est assez d'une preuve aussi sure ;
Jettez les yeux, voyez, admirez la nature ;
Le soleil dont le cours procure tour-à-tour ;
Le retour successif de la nuit & du jour ;

Les

Les astres qui la nuit empruntent sa lumiere
Quand il s'en va briller sur un autre hémisphere ;
Les saisons qu'avec art nous ramene le temps ;
La réproduction qui se fait au printemps ;
Dans l'été les effets qu'opere le tonnerre ;
Dans l'automne les fruits que procure la terre ;
La neige qui la couvre au milieu de l'hyver :
Les oiseaux dans les airs, les poissons dans la mer :
Tout ce qui vit enfin & qui ne vit pas même ;
Bénit, prouve & rend grace à son Auteur suprême.
Le bon ordre qui regne en la société ;
Les naturelles loix de l'inégalité ;
Dans un gouvernement l'esprit de politique,
Vrai suppôt d'un état ou libre ou monarchique,
Prouve bien qu'il doit être un sage conducteur.
Que vous faut-il de plus pour vaincre votre erreur ?
L'homme de tous les temps a reconnu son maître,
L'arbitre de ses jours & l'auteur de son Etre ;
Et tout peuple s'est fait une religion,
Conforme à ses desirs ou bien à sa raison.

ÉPIGRAMME

Contre un Cordelier de Quimpercorentin, qui avait insulté l'Auteur sur sa science lorsqu'il était enfant. Ce sont les premiers vers qu'il ait jamais faits.

MA foi, Pere, après vous, il faut tirer l'échelle.
Une sévérité, ni fiere, ni cruelle,
Vous fait en tout le plus juste censeur ;
D'un bel esprit modeste possesseur,
Vous portez sans appel, du ton le plus facile,
Un jugement habile.

Vous avez su douter & défier mes vers ;
Une sincérité, qui vous est naturelle,
De ma personne aussi vous a rendu l'expers ;
Moi d'une mutuelle
Je veux vous régaler.
Sur ma verve d'abord il faut vous détromper :
Puis ensuite en deux mots je fais votre analyse ;
Car on dit, vous savez, qu'un enfant prophétise,
Et je soutiens avec rime & raison,
Que vous êtes, d'honneur, mon Pere, un franc Breton,

VERS

A Monseigneur de Fleury, Archevêque de Tours.

DU sang d'un cardinal en vos veines transmis,
Dont nous pleurons encor la superbe mémoire,
Par qui l'on vit fleurir les vertus de Louis
Et qui fait l'ornement des fastes de l'histoire ;
Illustre rejetton, l'on vous voit, Monseigneur,
Entre tous vos égaux paraître le modele ;
Des loix que vous dictez, sage modérateur,
Inspirer à nos cœurs la croyance & le zele ;
De la religion inébranlable appui,
Avec son propre fer vous terrassez l'impie,
Vous forcez le respect de ce fier ennemi,
Et l'Enfer à vos pieds dépose sa furie.
Dieu d'un air satisfait contemple le vainqueur,
De ses bienfaits divins le fait dépositaire,
Et se plaît à placer dans ses yeux, la lumiere,
Sur ses levres la paix, & le Ciel dans son cœur.

VERS

Répondus par M. l'Abbé ANIMÉ, *Secrétaire de Monsieur l'Archevêque.*

APollon t'a prêté sa voix,
Mars t'a prêté son cimeterre,
Tu sais, poëte militaire,
Et faire & chanter des exploits.

VERS

A Monsieur le Marquis de CARACCIOLI.

C'Est de moi, cher Marquis, que tu voulus des vers :
Mais en as-tu besoin pour dire à l'univers,
Qu'on te voit vertueux, savant, & né pour l'être ?
Crois moi, depuis long-temps tu n'es plus à connaître,
A sa cour de miroirs la réputation,
En riches lettres d'or a su graver ton nom ;
Et je n'ai qu'à bénir le siecle où je respire ;
Qui laisse aux chevaliers la liberté d'écrire.

IMPROMPTU

A Madame de la B * * *.*

MAdame en vérité, vous valez cent fois mieux,
Que les divinités qui captivent les Dieux ;
La beauté de Venus devant vous est ternie,

Pallas doit convenir qu'elle a moins de génie ;
Et l'air majestueux de la fiere Junon ,
Avec le vôtre en rien n'entre en comparaison :
Sur leurs autels brisés que ma main leur renverse ,
Je vous en érige un , ou fumeront sans cesse
Les parfums les plus purs ; qu'un cœur , qu'un tendre cœur ,
Puisse faire jamais bruler en votre honneur.

BOUQUET

A Mademoiselle la Reveilliere.

CEs fleurs qu'un même instant voit éclore & flétrir ,
Sur ton sein , belle Iris , vont revivre & fleurir ;
Tout Etre , auprès de toi , reprend une autre vie ,
L'insensibilité te voit , est attendrie.
Heureux qui te parlant sans cesse de ses feux ,
Pourra lire son sort écrit dans tes beaux yeux !
Ah ! si ton cœur était la juste récompense ,
De la fidélité , l'amour & la constance ;
Celui qui n'ose encor t'en parler qu'en ses vers ,
Pour mourir à tes pieds , oublierait l'univers.

ODE

Au Roi de Dannemarkc.

J'Abandonde un instant le métier militaire ;
Je prends ma plume & je deviens auteur ,
L'art de flatter , aujourd'hui l'art de plaire ,
N'ôtera point à mes vers leur honneur ;
Bon soldat fut toujours mauvais adulateur.

Roi des heureux Danois, je veux chanter ta gloire,
Noble guerrier, habitant du Jutland,
Dont les hauts faits doivent remplir l'hiſtoire,
Ne compte point ſur un poëme ronflant,
Tel que t'en donnerait un rimailleur pédant.

Je n'irai point vanter ta bonté, ton courage,
Cent dons heureux à ton cœur accordés,
De tous les Rois néceſſaire appanage :
Tu ſais régner, il ſuffit, c'eſt aſſez.
Pour te voir raſſembler toutes ces qualités.

Sur le Roi Frédéric, ton illuſtre grand Pere,
Je ne veux point m'étendre & te vanter,
Tu n'attends pas ce grand foudre de guerre,
A ton ſecours pour te recommander ;
Ses exploits & les tiens n'ont rien à démêler.

Tes talents, ta raiſon c'eſt-là ce que j'honnore ;
Aimant les arts tu les rends floriſſants,
Et ton eſprit lui-même s'en décore,
Tu hais ces Rois dans leurs cours indolens,
Qui ſe font un honneur, d'y mourir ignorants.

Connaiſſant des Pays les différents uſages,
Le bien le mal diſtinguant à la fois,
L'eſprit inſtruit par de ſages voyages,
Rendant heureux les généreux Danois,
En toi l'on trouvera le modele des Rois.

ÉPITAPHE

D'un chien nommé Mouton, qui appartenait à M. le Marquis de CARACCIOLI.

PAuvre Mouton, c'en est fait, tu n'es plus,
Et pour jamais t'ensévelit la Loire;
Plus sage que Caton, plus adroit que Comus;
Ton maître avec chagrin rappelle ta mémoire:
Passant qui le verras errer au gré des flots,
Apprend que son esprit, son ame ingénieuse,
N'ont pu rentrer dans le cahos,
La matiere la plus heureuse
Peut-elle agir avec tant de génie ?
Dès long-temps le destin par un sage décret,
Le réserva pour une illustre vie,
Et lui donna pour être homme un brevet.
Ami Lecteur qui me lisez,
Vous, de qui la bile caustique,
Prompte à me juger fanatique,
De moi sans doute vous riez;
Je gage parmi vous, qu'il en est plus de deux,
Dont l'esprit resserré dans l'épaisse détresse
D'un cerveau trop étroit, se trouveraient heureux
D'avoir un quart de sa finesse.

VERS

Faits pour Mademoiſelle DAUVERNE *d'Avignon, fille d'un Orféyre-Joaillier, âgée de dix-huit ans, qui peint d'après nature le plus heureuſement & grave ſupérieurement en taille douce.*

O Toi qui de Minerve as reçu la naiſſance,
Belle Dauverne, en qui les arts & les talents
Germent avec ſuccès dès la plus tendre enfance.
Reçois de l'univers le légitime encens.
Sans guide & ſans expérience,
Tu nais, tu brilles, tu ſurprend;
Avec toi l'art apprend,
Que la nature peut ſurpaſſer ſa ſcience.
Tout change, tout s'accroit ſous tes heureuſes mains;
Tu touche le burin, & le cuivre s'anîme.
L'yvoire diſparait ſous ton pinceau ſublime,
Et par des traits vivants, fait place à qui tu peins.
Née, & pour la gloire & pour plaire,
Enfant que les trois ſœurs ont pris ſoin d'élever,
Dans ſon Temple éternel Pallas te fait graver:
Et l'amour a placé ton portrait à Cythere.

VERS

A une nommée Jeanne.

BEautés de l'Hélicon,
Qui de Jean Apollon
Célébrez ſi ſouvent la fête;
Je vous préſente ma requête:

Pour chanter une Jeanne enflammez mes cerveaux;
Embrasez moi de cette flamme,
Dont sont remplis vos poëtes jouvençaux:
Dame Jeanne en tous temps eut des droits sur mon ame.
Pour prix de ma chanson,
O toi dont en ce jour je vante la sagesse,
fais que par controverse,
Ton cher époux porte ton nom.

FRAGMENT

D'une épître où la description des Enfers est traduite littéralement d'après le sixieme livre de l'Eneïde de Virgile, cette épître a remporté le prix à l'académie de Caen. L'Auteur l'a perdue & croit que cependant ce fragment dont il s'est souvenu pourra faire plaisir.

Quand donc tarirez-vous le torrent de vos larmes ?
Serez-vous donc toujours en proie à vos allarmes ?
Et faut-il, cher ami, qu'un sinistre linceuil
Vous joigne à votre épouse & vous mette au cercueil ?
Six mois sont écoulés depuis votre rupture,
Six mois n'ont encore pu guérir votre blessure.
Je sens de cette perte avec vous tout le poids;
Je sais qu'à la nature il faut donner ses droits:
Mais nous ne devons pas par une vaine plainte
Indisposer les Dieux en fatiguant l'Olimpe.

. . . .

. . . .

En vous par votre chant revivrait Orphée;

La

La nature après vous marcherait empressée ;
Cher ami, de votre art l'harmonieux artifice,
Ne pourrait rappeller votre chere Euridice :
Pluton la tient au sein de ses tristes marais,
Pluton aux maux d'autrui compatit-il jamais ?
Du fleuve tournoyant elle a fait le passage,
Elle a vu de Caron le malpropre équipage,
Les haillons décorans ce nautonnier brutal,
Sinistre échantillon du manoir infernal :
Elle a oui vos sanglots ombres infortunées
Sur les rives du Stix à errer condamnées,
Que la divinité présidente aux malheurs,
Prive chez les mortels des funebres honneurs ;
Et qui ne toucherez les côtes opposées,
Qu'après le lapse entier prescrit de cent années.
Elle a vu le Cocyte avec le Phlegeton.
Et le cours infectant du mortel Acheron ;
Elle a fait le chemin de ces forêts antiques, *&c.* . .

ASSIGNATION D'AMOUR.

A Mademoiselle de la Reveilliere.

NOus lisons à l'article onze de la coutume ;
Que tous plaideurs qui perdent leur procès,
Doivent payer les frais, dommages, intérêts ;
Et nous voyons dans le même volume
Que quiconque à la loi voudra contrevenir,
Ipso facto, sur un réquisitoire,
Il sera délivré dûment exécutoire
Sur tous ses biens présens & à venir.
Ce mis en fait. Moi huissier soussigné
Audientier, dans l'isle de Cythere,
Exploitant, y reçu & immatriculé :
Pour le succès de cette affaire,

À la requête & nom de Monsieur Cupidon :
Suis allé tout exprès au domicile
De noble Demoiselle Anne Claire Lucile,
Pour lui bailler cette assignation,
Afin de comparoir à prochaine audience,
Pour s'y voir bien & dûment condamner,
Pour audit requérant sans nul délai payer
Les intérêts portés par l'ordonnance.
Du tout copie ainsi que ci-dessus, laissé
A sa personne ainsi qu'elle a dit être,
Vers deux heures du soir, plutôt même peut-être;
Fait à Cypris, scellé & contrôlé.

SENTENCE RENDUE A CYPRIS.

À la même.

LE puissant Souverain qui regne dans Cythere;
Maître de tous les cœurs de faire aimer & plaire;
Salut. Plaisir à ceux qui ces lettres verront,
Qui quand il les liront, d'amour se parleront..
De la cour de Cypris les chambres assemblées,
De notre procureur oui les conclusions,
Toutes choses étant dûment délibérées,
Nous avons ordonné, par ces lettres voulons;
Qu'il nous plaît en faveur de Monsieur Cupidon;
Intimant, demandeur contre la Demoiselle
Anne Claire Lucile; & que faute par elle
De ne vouloir répondre à l'assignation,
Elle sera contrainte à payer sans délais,
Par toute voie & loi d'autorité permise,
Même par corps, dont nous autorisons la prise,
Sans appel; intérêts, dommages & frais faits
Même à faire, & voulons que réparation
Où le besoin sera publiquement soit faite :

Et pour à nous donner la satisfaction
Qu'on doit à la justice, & conforme & parfaite ;
Elle paiera comptant l'amende tributaire,
Que tout nouveau conquis doit au Roi de Cythere.
Donnons en mandement au premier notre huissier
sur ce requis, de faire à ce sujet poursuite
Nécessaire d'usage, & faire exécuter
Ledit arrêt, en sa forme, teneur & suite :
Voulons pareillement qu'il soit lu, placardé
Dans tous lieux ressortans de notre obéissance.
Tel est notre plaisir & notre volonté ;
Fait par nous à Cypris aux jours de notre enfance.

FABLE

La Grandeur & la Bonté.

A Madame la Duchesse de Grammont lors de son passage à Bordeaux le 17. septembre 1770.

La Grandeur, qu'ennuyait le fraças de la cour,
Voulut pour réfléchir s'en éloigner un jour.
En pensant au bruyant, qu'on y nomme délices,
Qui ne fait qu'engourdir les sens par artifices ;
Elle crut qu'il devait être un autre bonheur.
Marche-t-on au plaisir sans y mener son cœur ?
Dans ses réflexions sa raison est noyée ;
Elle rêve au bonheur pour lequel elle est née.
Loin des grands, de la cour, elle s'en va chercher
Quelques endroits ; enfin... où l'on puisse penser.
Le peuple, pour la voir, en foule à son passage
Accourt, voit la Grandeur, tombe & lui rend hommage,
Tous les cœurs sont remplis de respect & d'effroi.
On admire toujours ce qui regne sur soi.

Près de ces lieux cherchés, à ses vœux favorables,
Elle connaît bientôt les plaisirs véritables.
Un groupe d'habitans se présente à ses yeux,
Des cris joyeux au loin remplissent tous les lieux:
Ce n'est point ce respect effet de la surprise,
C'est le contentement que le cœur autorise,
Elle approche, elle voit d'où naît cette rumeur...
Une Dame dont l'air annonce la douceur,
Simple dans l'ornement, généreuse, féconde,
Dispense des faveurs & entend tout le monde;
Son nom est répété vingt fois par chacun d'eux;
LA BONTÉ, disent-ils, ne veut que des heureux.
Après son audience elle s'approche d'elle,
LA BONTÉ, la reçoit avec respect & zele,
Leur entretien finit par nombre d'amitiés;
L'une de l'autre, en tout, sympatiques moitiés,
Dans leur ravissement elles sont étonnées
D'avoir pu tant de temps se rester ignorées.
LA GRANDEUR aussi-tôt la conduit à la Cour;
Où l'on voit maints Seigneurs la fêter à leur tour...
Cette vertu dont l'ame & se pare & s'honore.
Vous l'aimates, Madame, on vous berçait encore.
Vous gravez dans les cœurs l'empreinte du bonheur;
L'on voit votre bonté passer votre grandeur.
Ce n'est point votre rang, votre crédit extrême,
Ce n'est que vous enfin, qu'on honore en vous même.

PARODIE

De l'ariette, Ah que l'amour est chose jolie !

A Mademoiselle Jourdan.

Belle Jourdan,
Ta tendre harmonie,
En t'entendant
Fait qu'on s'écrie
Rien de plus charmant :

Sur la branche fleurie,
Le mélodieux Rossignol,
Etouffant de jalousie,
Dit en prenant son vol :
Belle Jourdan, &c.

Dans ton esprit la finesse, *bis.*
Dans ton gozier la douceur,
Dans tes yeux le bonheur,
Font dire sans cesse :

Belle Jourdan,
Notre ame est ravie :
En te voyant,
Toute la vie,
Serait un instant.

VERS

Sur la mort d'un Moineau à Mademoiselle Jourdan.

JOli Moineau, Moineau chéri,
Qu'enleve à la tendresse
De son adorable Maîtresse
Un Chat trop étourdi.
Hors de ta coque à peine,
Si-tôt l'aurais-je pu prévoir,
Que la parque inhumaine
T'envoyât au sombre manoir.
Pour te parer & pour t'apprendre
Que de soins ne prenait-on pas ?
Une crette, un colier, relevaient tes appas;
Ta queue, avec quel art tu la savais défendre,
Tu béquetais vingt fois la main qui te soignait,
Tu prenais dans la bouche un morceau qu'on avait,
Mon fils, petit mignon on t'appellait sans cesse,
Dans ces momens, pour toi, de plaisir, d'allégresse,
J'ai cru dans ton jargon t'entendre répéter,
Baisez, baisez, maîtresse, & toujours vous aimer.
Ces feux & cet esprit dans la gourmande poche
D'un gros vilain Marcou pourraient-ils être enfouis?
Non.. on les sent revivre alors qu'on vous approche,
Ils augmentent, Iris, en mes veines transmis.

AU LECTEUR BÉNÉVOLE.

AMi Lecteur, tu viens de prendre,
Ce que d'avoir donné, je ne puis me défendre :
Mais si je pouvais le reprendre,
Je goutrais le plaisir de l'avoir à te rendre.

AU CENSEUR FACHÉ.

ENtre vos dents vous grondez de bon cœur
D'avoir acheté cet ouvrage ;
Et maudissez vingt fois l'Auteur
Qui vous annonce un Pucelage,
Pour engager les gens :
Et finit par donner, Dieu sait la rapsodie..
C'est un peu se vanter dans ses commencemens,
Mais l'Imprimeur aussi doit y gagner sa vie.

FIN.

www.ingramcontent.com/pod-product-compliance
Ingram Content Group UK Ltd.
Pitfield, Milton Keynes, MK11 3LW, UK
UKHW021035200726
13857UKWH00004B/1731